천착(穿鑿)

구멍을 뚫는다
오롯이 한 구멍만 뚫는다

깊게 뚫고 나니
단단하게 나사를 박아놓으니
흔들리던 마음도 다 멈추는구나

힘이 들어도
울컥할 때도

홀로라도 길을 찾아가리라
깊게 뚫어 만나는 세상을 찾아서

비밀의 숫자를 누른다

ⓒ김태경, 2021

1판 1쇄 인쇄__2021년 07월 01일
1판 1쇄 발행__2021년 07월 07일

지은이__김태경
펴낸이__양정섭

펴낸곳__예서
　　　　등록__제2019-000020호

제작·공급__경진출판
　　　　사업장주소__서울특별시 금천구 시흥대로 57길 17(시흥동) 영광빌딩 203호
　　　　전화__070-7550-7776　팩스__02-806-7282
　　　　홈페이지__http://https://mykyungjin.tistory.com
　　　　이메일__mykyungjin@daum.com

값　10,000원
ISBN　979-11-968508-7-6　03810

비밀의 숫자를 누른다

예서의시 016

비밀의 숫자를 누른다

김태경 시집

차례

천착(穿鑿)

제1부

제2부

제3부

제4부

제5부

제1부

돼지감자

눈발이 휘날리는 한겨울
고향에서 보내온 택배를 열어봅니다
차곡차곡 쌓인 걱정이
힘겨움을 함께 한다는 듯
꽁꽁 싸맨 사랑이 고맙기만 합니다
뒤란에서 실하게 여문 가을
살포시 썰고 썬 절편마다
정이 스며들어 만질수록 따스합니다
보내온 돼지감자 차로 마시며
백석의 시집을 읽는다
말리고 말린 차 한 잔도
말 없는 한 편의 시라 여기며
한 모금 넘겨봅니다
살뜰히 우려낸 사랑을 마시니
이제는 시린 날도 살아낼 것만 같습니다

팔순 잔치

올여름 아버지께서 팔순이라
미국에 사는 막내도 날아와 고향의 흙내 맡고
흥성스러운 그 옛날 메밀국수
가마솥 물이 절절 끓고
분틀에 매달린 장정의 힘줄이
무병의 기원처럼 긴 가락 뽑아낸다
마당가 수탉이 분주히 봉선화를 쪼아대고
산등성이 타고 내려온 바람
해묵은 대추나무 가지를 흔들고
멍석 위에 앉아 흥겨움을 한 잔씩 돌려가며
아버지의 살아온 날보다
살아갈 날의 장수를 기원하며 또 한 잔
술잔 속에 여름이 깊어만 간다
무성한 여름 합창하는 새소리 들려오고
청춘 같으셨던 아버지
당신이 키워낸 당당한 나무들 바라보시며
그 나무가 꽃 피워 맺은 작은 열매들
주름진 손으로 어루만지신다
소박한 음식들 위로 뛰어다니는 말
서로 집어 먹으며

허리띠 풀어놓고 마음껏 웃는 날
서로서로 인연의 끈으로
단단한 세상 힘껏 밀고 당기며 살겠다고
국수를 다짐의 약속으로 먹는다

시제를 지내다

두메산골에 터 잡아
어느새 200년이나 지났다
우리의 뿌리였고
그 뿌리에서 뻗어 나간 나뭇가지에
푸른 잎들 주렁주렁하다
피붙이들은 다 해맑게 살다가
해마다 먼 길에서 달려와 숨을 고른다
한때는 어린 조카였는데
이제는 어엿한 직장인이 되어
다시 어린 고사리손을 잡고
이곳 쉼텃거리로 돌아와
두 다리 쭉 뻗고
오월의 푸르름을 먹으며 앉아 있다
봉분 위 제비꽃도
봄을 기다려 살아냈다는 듯이
산골 물소리에 젖어 싱싱하게 피어난다
마가목, 주목나무 잎들은
오월을 깃발처럼 흔들고 있어라
팔순을 벌써 지난 나이에도
절하는 손자들에게

살아갈 때 우애가 중요하다고
겸손하게 살아야 한다고
흙에서 뿌리가 뻗어가듯이 땀 흘린 만큼
어디서나 당당하게 어깨 펴라고
제비꽃도 우리도
가만히 듣고 가슴에 새긴다

첫발

─대마도

할아버지께서 첫발을 내디딘 곳
징용으로 끌려 와
슬픔을 찍어놓은 그 나라
오늘 손자가 삼나무숲에서 숨을 쉽니다

조선통신사로 부산을 떠나
뱃멀미에 속이 뒤집혀 요강 타다가
가슴앓이하며 쓴 일동장유가
한 구절을 나지막하게 읊조려 봅니다

다 첫발이었지요
이제 우리는 힘없이 끌려갈 수 없다
면암의 순국비 앞에서
기도를 얹어놓고 하루를 보냅니다

망국의 한을 품고
먼 고국의 땅을 바라보며 흘린 눈물
대한해협에 그리움으로 띄워 보냈을 덕혜옹주
그 슬픔과 손잡고 걸어본 하루

이제 돌아가면 우리는
오늘 밟고 간 이 발자국들을 기억하며
다시는 서럽게 살지 않겠노라
다짐의 말뚝을 가슴에다 박아놓았습니다

새벽 두 시

가을의 단잠은
말랑말랑한 홍시로 익어가는데
늦은 발자국 소리
새벽을 열고 들어온 아들
별 탈 없이 잠 속으로 걸어간다
달아난 단잠
시침은 새벽 두 시
고단을 안고 잠든 아들을 바라본다
찬바람에도 견고한 담 아래서
새벽의 기도를 쓴다
아들아
곡선의 길 따라 살아왔어도
노을이 길을 덮고
별이 빛나면
불 켜진 기다림을 향해
직선에서 직선으로 달려와다오
손 모아 기도하다가
고개 들고 바라보는 둥근달
아들의 잠꼬대가 들려
참 다행이구나

추석

―나훈아 쇼를 보면서

우리는 시골집 마당에 모여앉아
당귀밭 향기를 마시며
솥뚜껑 위에서 자글거리는 옛이야기를 듣는다
추억의 빛깔은 다 달라도
오래된 옛길로 걸어가고 있어라
우리의 청춘은
저 하늘의 별처럼 박혀 있고
고기 한 점 사이로
구수한 사투리가 달빛에 젖는다
오가는 웃음 사이로 들려오는 노랫소리
나훈아의 청춘을 돌려다오
세월의 두꺼운 문이 삐걱거려도
살아온 날들은 다 빛나는 조약돌인가
만져볼수록 윤이 나고
이제 살아낸 날들은 단풍으로 물드는데
여물어가는 씨앗 같은 아이들
어제를 무심하게 들어도
저 하늘의 별처럼
당신은 언제나 함께 가고 있어라

요하넥스에서 온 전화

겨울이 가는데
봄빛 얼굴로 핀 목련 사이로
요하넥스에서 겨울을 판다고 전화가 온다
다시 올겨울을 생각하며
매장에서 세일을 뒤적거리는 사랑아
그대가 첫눈 기다린다고
골라 입는 행복
나는 목련이 핀 나무 그늘에서
낡은 지갑을 꺼내 봄으로 걸어가라고
목련 같은 하얀 봄
고운 꽃잎 몇 장을 건넨다

오랜 겨울이 가버린 날
그대 망설임은 다시 겨울을 입었는데
민들레 피는 시간에
가벼운 지갑을 열어 사준 옷이
그래도 나풀거리는 나비처럼
봄으로 훨훨 날아가는구나
목련도 웃는 듯이 우리의 사랑을 본다
손잡고 걸어가는 길
이 길이 참 좋다

편지 1

봄밤에 꽃을 본다고
좋아라 종달새처럼 포롱거린다
산수유나무 꽃잎을 살며시 만지다가
희끗이 웃는 사랑아
꽃샘에도 꽃이 피는 봄밤
슬며시 잡아보는 손
참나무 껍질처럼 거칠어서
산책이 울컥하여라

뭐 마실래요
대추차 한 잔 마시며 좋겠다고
오래된 사랑을 잡고
호젓한 찻집
「생각나니 가끔」에 앉아
울컥한 봄을 천천히 마시다가
내 사랑을 바라봅니다
너무 오랜만에 걸어서 미안해요
그래도 생이 끝나는 날까지
함께 걸어 행복합니다

편지 2

곁에 그대가 있어 좋다
인연의 비밀을 풀고 함께 만나
어깨 맞대고 살아온 사람아
쉼터가 풍경이 되는 오솔길 사이로
내 사랑 손을 잡고서
비바람도 같이 겪은 당신과 걸어갑니다
당신이 있어 살맛이 난다
살아갈 먼길까지
눈부신 아픔과 걸어가는 그날까지
우리는 강물처럼 흘러가리라
저 옹벽에 뿌리내린 나팔꽃처럼
한 송이씩 기쁨을 피우며
남은 날은 적어도 인연 맺어
이 푸른 별에서 살고 있어 참 좋아라
날마다 그대를 사랑하며 산다는 건
눈물겹도록 고마운 일이어라

편지 3
−느린 편지

봄날, 편지를 쓴다
당신 사랑해
우체통에 붉은 마음도 넣고

편지를 뜯는 가을에
뒤척이던 봄도 홍시처럼 익어
지금쯤 쏟아지겠지

비밀의 숫자를 누른다

비밀의 숫자를 누른다
이 별에서 처음 만나던 날을
날마다 당신의 기억을 누르며 들어간다
문을 열 때마다
함께 걸어온 길을 각인시켜 주는 비밀의 숫자
가끔, 문 앞에서 사랑을 생각하며
오랫동안 서성일 때도 있어라
슬픔을 닦아주지 못해서
더 살갑게 대해 주지 못해서
뉘우침으로 앉아 모과나무를 바라본다
가을로 익어가는 모과 열매보다
모가 난 삶은 아닌지
향기 짙은 사랑으로 안아주면서
잘 살아가고는 있는지
되새김질로 나를 곱씹는다
비밀의 숫자를 누르고
조용히 들어가서 만난 사랑은
아무도 돌아오지 않은 빈방에 앉아
홀로 사경을 하다가
전화한다, 양팔로 안았던 기쁨에게

언제나 눈부신 별들아
안식을 찾아 들어올 때마다
너희들이 사는 세상에 네온사인 밝아도
문소리 그 기다림을 위해
잰걸음으로라도 서둘러 돌아오너라
사랑의 문을 열어라

뽕나무 아래에서

어렸을 때 심어놓은 뽕나무
세월에 늙어가도 해마다 새순으로
생의 봄을 피워 올린다
뽕나무도 가래나무도 다 묵묵히 산다
조바심내지 말고 살라면서
먼길 달려온 고단함을 안아주고
형과 나는,
국 한 그릇에 소주 한 잔 말없이 마신다
고향 텃밭에는 대파가 자라고
봄을 거름 삼아 싱싱하다
라일락 향기가 마당에 깔리고
풍산개가 앞산 바라보며
귀를 세우다 바람 소리에 놀라 짖는다
떠나오지 않았으면
하루를 놓아 달려오지 않았다면
고향의 봄빛을 만나기라도 했겠는가
다시 서울로 돌아가는 날
이른 아침 산나물을 뜯어 와
정을 싸서 먹으라고
온새미로 박스에 가득 담아 주신다

이제 맑은 피로 수혈한 듯
파릇한 몸이 되어 돌아가리라
내 고향 해피700 순한 물도 마시고
길 따라 천천히 돌아가리라

중앙시장

강릉 중앙시장은 희망을 켜고
바다를 건져 올려놓고 길손을 기다린다
흥성스러움 접시에 담아
웃음으로 건네는 손이 살가워라
건너편 노상에 앉아
회 한 점에 바다를 삼키고
서로가 걸어온 길 풀어놓는 사람들
싱싱한 오후가
펄떡거리며 튀어오른다
저녁을 짓는다 장 보는 딸이
옛 생각 화롯불 뒤적이듯
이리저리 뒤적이다
꼬득꼬득한 생선을 장바구니에 담고
가벼운 발걸음으로 미끄럼 탄다
잘 익은 대게 세 마리
푹 쪄 담아 들고
이제 먼 바다를 돌아와
항구에 정박한 낡은 목선의 삐걱거림으로
생의 닻줄을 내리고
펄럭이는 깃발로 흔들리는 아버지

늙어가는 딸이
오래된 추억을 넣어 저녁을 짓겠다고
중앙시장을 빠져나가고 있다

만과봉(萬科峰)

내 고향 진부 월정거리
만과봉이 있다는 것을 들었네
조선시대 세조가 업보의 등창으로 고생타
상원사 문수동자를 만나
죄업을 씻고
가벼워진 등에서 울고 있는 아픔을 잊고자
각 고을에 방(榜)을 붙였다네
도포 속에 흙 한 줌 돌 하나 들고 와
과거(科擧)에 응시하라
만 명의 유생들이 월정거리 너른 뜰에 앉아
먹 갈아 일필휘지의 붓놀림으로
지난날의 슬픔을 닦고
살아갈 날의 돌판을 단단히 놓아
천년의 영화가 있으라고
만 명의 유생들이 가져온 흙과 돌멩이들
야트막한 산이 되어
해동 지도에 남았다네
지금은 무너진 왕조가 심은 소나무들이
푸르게 남아 하늘만 보는구나
오랜 기억을 품은 소나무 바라보다

앉아서 만져보는 흙

업도 다 녹았는지 손가락 사이로

부드러운 바람처럼 떨어진다

내 고향 진부면 간평리

죄없이 살다 가라는 듯

오대천 물소리가 들려오고

나는 만과봉 앞에서

묵향을 품은 듯이 뿌리내린 쑥대를 쓸며

살아온 길 가만히 돌아보네

*만과봉: 강원도 평창군 진부면 간평리의 월정동 서쪽에 위치한 산이다

아버지와 딸

어단리 정미소에서 피대를 감고
방아를 찧으며 살다가
이웃이 주는 정으로 사시다가
이제는 기침 쿨럭거리며 누워 있는 생
자식들 떠난 자리
또 쓸고 닦으며 기다리며 살다
쓸쓸함을 덮고 있는 노을만 바라봅니다
내다보는 대문 밖 바람은 지나가고
기다리는 자식 같다며
좁쌀알 먹이로 놓아
날아온 참새들 바라보며 웃으신다
저물어가는 삶에 어둠이 내리고
한세월 살다 보니 사는 게 다 꿈만 같으시다며
나 홀로 와 세상과 어울리다
홀로 가는 인생인데
그 좋은 술 한 잔도 마시지 못하신다며
건네주시는 한 잔의 서글픔
목이 메는 저녁 무렵
좁쌀 먹고 힘내어 날아가는 새처럼
오늘도 남아 있는 하늘은 눈부시기만 합니다

그 든든한 감나무 그늘에서
감꽃이었다가 감으로 익어가는 나이에
명절이라 찾아온 딸이
홍시 같은 아버지 곁에서
말랑말랑한 슬픔을 닦아 드리고 있습니다

세 여자

당산나무에 신줄을 걸어놓고 손 모아 하루를 보내시던 할머니의 뒷모습 같은 어제가 팽팽하다 고무줄 같은 날에 그때만큼 살아서 기도하는 나이가 되고 보니 그 당산나무 신줄이 그립기만 합니다 개울물에서 빨래 빨고 양잿물에 표백된 하루를 빳빳하게 걸어놓은 어머니 긴 장대 끝에 앉은 고추잠자리 바라보며 허리 펴시던 당신의 삶은 서해로 흘러가는 물이었나 봅니다 바람이 꽉 찬 돼지 오줌보처럼 튕겨 오르는 날에 홍제동 누이는 물푸레나무에 앉았다가 하늘로 비상하는 새처럼 싱싱한 목소리로 오늘은 돼지 뒷고기 구우며 하루를 살아냈다고 합니다 그 옛날의 기억이 징검다리를 건너오고 나는 낡은 흑백 사진첩 넘기는 듯한 그리움에 눈을 감아 봅니다 세 여자의 길을 덮는 노을은 여전히 아련합니다

잠꼬대

고덕동 정원에서 30년
소박한 밥상을 차려놓고 살았다
김산부인과에서 태어난 아이
청춘의 옷을 입고
멋 부리고 나가 아직인데
세상은 한겨울 진눈깨비 같이 내리는데
당신의 주름은 참 깊구나
세월로 흘러내리는 머리카락
가만히 바라봅니다
누옥에서 함께 걸어온 길이 바람 같아도
싱크대에 젖은 행주 걸어놓고
서성거리는 아픔이
살며시 머리카락 쓸어올린다
딸 생각하다 잠드셨을 어머니를 꿈꾸는지
잠꼬대의 밤은 깊어만 갑니다
내일은 고단한 하루를 다 내려놓고
유년의 땅 강릉으로
친정 나들이하라고 말하렵니다

제2부

남도의 바다

신안에 사는 순이 누이
남도를 잘 버무려 보내온다
한 컷 사진에 담아서
가자미무침을 바라보는 순간
미각은 위장을 헤집고
반란의 오후가 혀끝 위에서 녹는다
수북하게 쌓인 동백꽃도
슬쩍 밥상머리 곁에 앉아서
군침을 삼키려는 듯한 바다 한 접시
보고 또 봐도 남도의 바다
꾹꾹 눌러 담아
행복한 오후를 보내주었네
빈속에 회가 동하는데
신안 앞바다 바닷물로 삶을 적셔가며
늘 웃고 사는 순이 누이
신사동 등이 켜진 골목에 앉아
사진 속 가자미무침
꼭꼭 씹으며 그리움을 달래본다

봄날

봄이 온다는 것은
찬 바람을 뚫고 살아냈다는 것을
말없이 앙다문 꿈으로 살아
잉태한 꽃을 위해
만개함을 낳기 위함이리라
벚꽃 산수유꽃 개나리도 그 옆에 목련도
다 겨울을 건너온 꿈을
피운다, 소리친다
파도타기다
봄이 온다는 것은
칼날의 시간에도 가슴에 품은 사랑
기쁨을 햇살 아래서 낳음이리니
보라, 소리치기 위해
제비꽃 민들레 질경이 잎들도
견딘 꿈을 봄날에 피우고 있어라
슬펐던 사람아
그대가 문 앞에서 서성이다
봄바람이 그네 타는 버드나무 아래서
오랫동안 꿈을 안아야 하리라
봄이 온다는 것은

겨울을 건너온 이에게
하늘이 주는
풀어도 멈추지 않는
한가득 담긴 선물 보따리다

영주 호미

콩밭머리 돋아난 달개비들
어머니께서 손에 꼭 잡히는 호미로
그 뿌리조차 뽑아내면
콩은 환하게 열매를 맺었어라

하찮은 듯한 호미가
서양의 꽃밭을 들썩인다고 하니
대장장이 한평생 풀무질로 살아온 꿈이
물 건너가 살아나고 있어라

우리가 함부로 대접한 것들이
귀한 손이었던 것을
다른 나라에서 더 알아준다니
철물점에서 다시금 너를 쓰다듬는다

세상살이 보잘것없음이 어디 있으랴
누구나 절뚝이며 살아간다 해도
철물점에 걸린 기다림으로
살다 보면 좋은 일도 오지 않겠는가

너를 벽에 딱 걸어놓으니
지난날 밭머리에서 살다 가신 할아버지도
할머니도 이웃들도 다 보인다
그 서러움이 얼마나 깊었겠는가

사전 투표

4월은 코로나로 한파인데
거리는 꽃잔치다
우리는 희망의 꽃만 생각하고 간다
한겨울의 어제를 잊고
라일락 향기도 투표장으로 가고 있어라
외줄을 타는 사람들
용지를 정갈하게 만져 본다
꽃밭에 잡초라도
저 꽃들 바라보며 살고 싶다고
생각은 투표지에 앉아
정갈한 내일을 바라보고 있어라
우리가 가꾼 꽃밭에서
잡초라도 벌이라도
꽃이여, 들꽃이여
다 하나라는 것을 아시는가?

엿장수

길동사거리 건널목 앞
트로트가 호박엿에 스며들고
달콤한 오후가 몸을 흔들고 있어라
엿장수의 얼굴은
흘러간 시간에 골 깊은 주름
생의 훈장 같아라
오후를 끌고 가는 아기 엄마는
유모차를 세우고
오물거리는 아이를 바라보다가
엿가락처럼 긴 행복을 입에 넣어주는구나
인연은 녹아 입으로 들어가고
다시 천천히 사랑을 밀고 가는 날
트로트는 구절구절마다
절절한 생을 끌어안고 살라는 듯
스피커 울림은
출렁이는 파도처럼 다가와
지나가는 사람들의 옷자락을 적신다

눈이 내리는 날

눈이 온다
창문 밖에 눈이 온다
눈은 발자국을 찍자고 속삭인다

눈길 걱정은
오롯이 어른의 몫인가
아이들은 동심으로 눈사람을 만드는데
걱정은 돌돌 말아 놓고
아슴푸레한 그리움을 불러
선술집 막창구이로
정을 담아 마신다면 눈길은 환해지려나

눈이 온다
창문 밖에 눈이 온다

지금 내리는 눈
산에 강에 내리는 눈송이들은
잃어버린 시간을 밟으며
살아가라고
하늘이 내게 주는 선물

돌아갈 길은 멀어도
저장된 그리움에게 전화를 한다
이 좋은 날에
거나하게 한잔 마시자고

명동명품사

55년 가죽장인 명일동 명동명품사
날마다 만나는 이웃인데요
아침마다 신문 이야기를 주고받는데요
김상식 씨께서 살아가는 노년의 일터인데요
언제나 환한 불빛으로 가득합니다
하루는 가방을 수선하시다가
신발 한 켤레 만들어 줄까 하시는데
홍을 기워 만든 맞춤형 신발
재고, 자르고, 깁고
상상은 재봉틀을 따라 도는데요
삶이 지나가는 하루가 길어도
흐르는 기다림으로
징걸이 위에 걸린 신발이
즐거움으로 걸어오려고 꼬물꼬물
망치질로 부드러워진 내일로 걸어가라는 듯이
신발이 반짝거리네요
스며든 한땀 한땀의 정성이 좋아라
꽃길로 걸어가야지
활짝 핀 설렘으로 씩씩하게 걸어가야지
발에 맞는가?

즐겁게 사는 게 최고지
그 목소리를 살짝 발등에 얹어놓았습니다

홍매화

남도의 봄은
홍매화로 붉어졌다고
한 뼘 더 올라
속살 터지는 힘으로
우리의 겨울 다 닦아 준다며
막 달려오는 전령사
세상살이 한 마당 춤판인가
신명의 꽃망울 풍선 터뜨리듯이 온다
한겨울 눈보라 속에서도
기다림의 봄, 홍매화 소식아
매화나무 가지를 들썩이며
달려오는 너 바라보며
시린 등 뒤로
떠나가는 겨울이 좋아라

오월의 편지

저 깊은 숲속에서
오월의 초록을 가만히 바라볼 때
출렁이는 나뭇잎들 말 없는 편지로구나
파란 하늘을 물어 와
뿌리 깊게 내리는 나무와 꽃들
그윽하게 바라보는 오월
하늘의 말씀을 적어 놓은 듯
나뭇잎들이
한 글자씩 펄럭이며
해독하라 해독하라 말하는 듯
가만히 누워 오랫동안 읽어 봅니다
오월은 사랑이라고
전보다 더 나은 날을 만나보라고
또 한 글자씩 읽어 봅니다
날마다 부끄러움 없이 살아가라고
연초록 저 깊은 숲
울림의 봄빛 가슴에 품고서
남은 날까지, 남은 날까지
푸른 시간을 눈물겹도록 사랑하겠습니다

맨발

양말을 벗고
온종일 길 따라 걸어온 발
편안하라, 편안하라
내 고단을 잠시나마 덮어줍니다
꼼지락거리는 발가락에게
내일도 걸어가야지
걱정은 내려놓고
이불 속에서 꽃길로 가자
살아가는 길 가시밭길이어도
자라고 잘 자라고
꼬물거리는 발가락에게
다정한 위로를 건네봅니다

신축 현장

동화책에나 나올 법한 선술집
인정스러웠던 그 주인은 어디로 갔을까
추억이 빗방울처럼
퇴근길을 톡톡 건드리면
파전 생각은 파도처럼 밀려오는데
찾아주셔 고맙다는 듯이
달걀부침 한 접시
말없이 건네주던 술집
흙벽에 쓴 김삿갓의 싯구절이
아직도 눈에 아른거리는데
신축으로 추억은 콘크리트에 깔리고
기억은 철사에 묶여 버린다
장고에 짓는 악수인가
물주는 웃으며 높아진 꿈을 쳐다보는데
동화책에나 나올 법한 주점
퇴근길에 빗방울이 톡톡 떨어지면
어디서 그런 집을 찾겠는가
쓰레기더미 위 나뒹구는 술잔 하나가
멀리 가버린 손길 그리다
깨진 슬픔으로 울고 있구나

자갈치 시장

4월 남도의 봄
싱싱함이 공처럼 튀어 오르는 날
서울의 말보다 구수한 말
봄으로 싸 먹으며
웃음을 따라주는 자갈치

오래된 인연으로 묶여
서로가 끈이 된 사람들이 손을 잡고
어제보다 나은 오늘에
바다에서 갓 건져 올린 바다를 먹는다

산다는 일 하루를 놓아
행복한 봄바다
색시처럼 끌어안고 멍게 한 토막에
좋은 데이를 마신다

밤은 술에 젖어도
자갈치 시장은 어둠 속에서
등불을 켜 놓고
봄처럼 걸어가라 환하구나

*좋은 데이: 무학에서 출시한 소주 제품 브랜드명

삼일절

낫을 숫돌에다 갈았다
갈고 또 갈아내니
시퍼런 날이 멸시를 베어낼 만하다
이제 우리 스스로 살아야 해
풀들의 함성이 들려오고
가깝고 살가워야 할 먼 나라
곰의 마음으로 기다려도
뉘우침의 반성문은 오지 않고
아직도 우리의 목줄
36년처럼 움켜쥐겠다는데
우리는 숫돌의 낫이 되어
시퍼런 눈으로
푸른 힘줄로 살아야 한다
동해에 떠오르는 해를 바라보며
단군의 땅에서 스스로 살아가야 하리라
마지막 한 사람까지, 마지막 한순간까지, 민족의 정당한 뜻
을 마음껏 드러내라.*
가슴을 적시고 또 적셔주는 이 구절을
한 글자씩 한올 한올 수놓듯이
우리의 가슴에 오롯하게 새겨놓고

드높은 솟대에 매달아
삼족오 깃발처럼 휘날리게 하리라
삼일절에 낫을 숫돌에다 갈았다
갈고 또 갈아내니
흰 천에 붉은 해 벨 것만 같구나

*기미독립선언서에 실린 만해 한용운 선생의 공약 삼장 차용

용언의 힘 1

―절절하다

9시 뉴스에 슬픈 행렬이 보인다
폐지를 실은 리어카 푸른 집으로 굴러가고
살아낸 겨울 다 지나도
외로움은 꽃잎처럼 떨어지고 있다

누워서 잘 집은 냉골인데
막막한 사막 같은 고독 씹으면서
전갈의 독 같은 세월
차마 뱉어내지 못하고 살아낸 오늘

클로즈업된 화면에 잔주름만 가득하다
세상 밖은 나를 짓누르고
사탕 한 알의 단맛 목으로 넘겨도
뱉어라, 볼은 꼬집히고

눅눅한 삶 곁에서
꽃샘바람에도 목련은 피는데
아픔을 끌고가는 저녁은 굶어가는데
쓰디쓴 뉴스의 뒷맛은 없어라

용언의 힘 2

−견디다

공사 현장에서
눈물의 돗자리 깔고
마른 밥 꼭꼭 씹으며 산다
꽃씨처럼 날고파
삶은 낭떠러지에 서 있어도
하루는 계단 위로 올라만 가고
숨이 차, 숨 막혀도
노동의 무게보다 사랑이 중하다며
다짐을 또 지고 오른다
목마른 허기 곁에 내린 노을
저녁에 삽을 씻고
빈 지갑 들어간 몇 푼의 행복을 본다
오늘의 안식을 쥐고
이스트 넣은 빵 같은 하루를 들고
발걸음 가볍게 돌아가리라

용언의 힘 3

－눕다

어제를 흙으로 덮고
내일의 태양은 소나무에 걸리는데
망초꽃 핀 언덕에 누워
오늘을 만나지 못하는 벗이여
너를 생각하는 하루
땀내가 나는 그늘 속에 앉았다가
흙으로 덮은 어제를 파내어
횟집에 깔아 놓고
빈 잔 속에 울음 담아 마신다
고단한 너의 길도
이제는 움직이지 않는 정물
사과 한 조각으로 아삭거리누나
나 오늘 길을 더듬다
너의 목소리는 물고기처럼 펄떡이고
살아낸 오늘을 숫돌에 갈아
시퍼런 내일을 베고
너의 망초꽃 더 환하게 피우리라
말 없는 말이 들린다
'눕다'보다
꿋꿋하게 일어나 걸어가라고

용언의 힘 4
−닦는다

나이가 들면
연민이 바닥을 쓸게 되나 보다
함께 걸어온 길 바라보다
쌓인 뉘우침을 물에 담가놓고
밥그릇을 닦아주다가
내 사랑 그대
오랫동안 가난을 닦으며 살았구나
수세미로 더 살갑지 못했던 날들
미안함이 뽀득뽀득 소리 나게 닦는다
어제를 퐁퐁 흘려보내고
남아 있는 내일을 생각하며
맑게 흐르는 물처럼
더 많이 사랑하며 살겠노라
다짐을 한 컵
가슴속에다 붓는다

제3부

묵호항

살아온 바다는 언제나 푸르다
변할 줄 알았지
살다 보면 바다는 변할 줄 알았지
백지 위에 그린 바다
싱싱함도 늙는 줄 몰랐지
아니야
아니더라
세상은 해가 뜨고
달 뜨는 일처럼 사람살이도
다 그렇게 흘러가는 물결이더라
그래도 우리는 살아야지
해가 뜨는 일처럼 살아야지
강물 위에 꽃잎이 흘러가듯이 흘러가야지
무심하게 바라보는 구름
한 세월 참나무보다 더 작은 인생아
그래 조바심을 내지 말고
그냥 살아서 무덤 바라보듯이
오늘도 내일도
다 내려놓고 묵호항 바라보듯이
울컥울컥 살아가야지

아버지의 어깨

톱날에 잘린 하루의 반토막을 매고
식구들의 안식을 위해
한 층, 한 층
묵정밭 가는 황소처럼 고층까지 삶을 지고 오른다
늦은 오후 붉은 노을 지게에 담고
뚜벅뚜벅 걸어오시던 아버지
그날의 커다란 등판이 보인다
생의 긴 강끝에 다다라
신음까지 다 삼키고 잠이 들 무렵
아버지는 잠꼬대하시듯
늦가을 멍든 슬픔으로 주무셨다
고단을 누이고 잠든 사랑 곁에서
말없이 흘린 눈물이 아팠는데
산다는 것은 아버지로 산다는 것은
어깨가 다 무너져도
환하게 기다리는 꽃을 위함이런가
그날의 아버지처럼 나는
톱날에 잘려나간 하루를 매고 숨차게 오른다
더 높은 곳까지
한 층, 한 층

무거워도 무너지지 않는 어깨로
노동의 신음을 평화의 종소리처럼 들으며
하늘이 보이는 수직의 끝까지
통증의 계단을 디딤돌 삼아 오른다
저녁이 오면은 안식의 집으로 돌아가리라
식구가 켜 놓은 등불 곁으로
더 단단히 살아낸 오늘을 들고서
그날의 아버지처럼…

소식

알 수가 없고
늘 물음표지만 그래도
한없이 가야 한다
강물이 흘러 바다로 가듯이

때로는
물음표가 느낌표로 변할 때
우리는 저마다 마침표를 찍는다

어제 세상을 떠난 벗은
미처 깨달음을
전하지도 못한 채
서둘러 옷을 벗어버렸다

늦은 후회

당신의 혼유석 위에 밤늦도록
애잔한 잔설이 내렸네
세월의 저 언덕에 남아 있는 그리움은
낡은 갈대처럼 스웨터를 걸치고
강가에서 눈물은 소리 내며 흘러가는구려
생전에 좋아하던 차 한 잔 내려놓네
등 뒤에 서 있는 내 사랑이여
그늘진 등허리 펴라고
추억의 손짓인 양 붉은 노을은 퍼지고
조금만 더 내려놓고
조금만 사랑을 위해 애틋했다면
내 설움은 찬바람에 매 맞고
벌 받는 나목이 되어
이 겨울에 홀로 쓸쓸함으로 내려가네

미안해요… 그리고 안녕

가는 길

강을 건너간다
살다가 모두 저 강을 건너간다
살얼음으로 살다가
흙 묻은 호미를 내려놓고
먼 산인 줄 알았는데
도라지꽃 헤치고 오르다
눈물이 뚝뚝 꽃대궁을 적신다
발자국만 남은 언덕에서
새 한 마리
산을 쪼는 것을 본다
사람은 저마다 술 한 잔으로
흙 묻은 삽을 매고서
산을 내려간다
도라지꽃은 환하게 피어 있는데
솟아난 동그란 무덤
돌아보고 또 돌아보는 새
날지 않는다,
날아도 날개가 없다고

자정

자정은 고요하다
고양이 한 마리가 어둠을 밟고 간다
소리도 없이 살금살금
십자가는 하늘을 향해 기도하고
꿈도 푸른 별에서 살아
나도 살아
내 사랑도 이 별에 살아
자정을 이불 삼아 고이 잠들어가건만
온종일 공사장에서 땀 흘리다가
축축한 희망을 들고 와
침묵처럼 가라앉은 한밤중이다
내일도
땀 흘리는 노동
삽질로 희망을 퍼 담으리라

속초행

－태열에게

느닷없는 친구의 부고장에
젊은 날의 추억은 터널을 지날 때마다
살아서 막 살아서 달려온다
시속 백 킬로로 달리는 차 안에서
하루만 놓았으면 만날 수 있는 그리움인데
목까지 차오르는 슬픔으로 간다
"대청봉에서 바라보는 동해
그건 장관이야 속초에 와야만 볼 수 있어."
잔 들고 말하던 모습은 바로 오늘 같은데
허망을 들고 바라보는 그대가
어서 오라는 듯이
벗들에게 말없이 술을 부어주는구나
오래된 기억을 싸매 들고
달려온 벗들에게
긴 삶의 겨울 다 내려놓고 만나야지
그렇게 웃는 사람아
지금쯤 대청봉에 올라
호탕한 웃음으로 울음을 달래주려나
잘 가게나, 사랑한다 친구야

백두산

산아 산아 백두산아
그대는 그 얼마나 장엄한가
정맥으로 흘러내리다 잠시 쉬어간다고
숨 돌리며 우뚝 솟은 금강산
금강산을 지나 새참 먹듯이 앉은
설악산 공룡능선
단풍이 물들어 동해가 춤추고
춤추는 바다가 밀어 올린 백두대간 골짜기
흰옷 입은 사람들
산을 닮아 해맑은 노래를 부른다
얼마나 영혼이 맑은 산인가
그 장엄함이 한라산 백록담에 이르러
순한 사슴 다독여주는 손길
오직 사랑만 보여주는 백두산아
계절마다 옷을 갈아입어도
뜨거운 숨결처럼
솟구치는 천지연의 맑은 노래여
한민족이 터 잡아
한 모금씩 마시면서 반만년의 삶이 되었나니
흘러갈 영원한 노래는 끝이 있겠는가

아, 가고파라

더 높은 곳에서 빛으로 내려와

흰빛의 눈부심을 한없이 뿌려주는 백두산

복된 나라다, 붉은 인주로

도장을 찍어준 산아

드높은 함성은 하늘을 우러러

손 모으며 살아왔으리라

온누리로 퍼져가라 동으로 서로

남에서 북으로

온몸을 용처럼 뒤틀며

흘러가나니 순한 사람들에게

오늘도 내일도 더 순한 꿈으로 살아가라고

장백폭포로 날마다 소리치고 있어라

우리는 그 우렁한 노래로

더 살갑게 내일을 끌어안고 살아가야지

풀꽃을 쓰다듬고 살아가야지

더 낮은 물소리 들으면서 가야지

가다가 힘들어도

봄은 꽃불 지펴 백두산을 물들이듯이

가을은 백록담 물그림자 위에서 단풍으로 춤추듯이

우리는 하나가 되어
강강수월래 노래하며 춤을 춰야지
하나가 되어 낮은 사람들이
슬펐던 사람들이
손에 손을 맞잡고 춤추며 살아가야지
성산(聖山)은 언 겨울에도
여린 물살 흘려보내며 말하고 있어라
부드러운 봄바람이 꽃을 피운다고
남에서 불어오는 훈풍에
눈부신 우리의 봄이
천지연 감싸주며 살아가지 않겠느냐고
백두산 아래에서 흰옷 입은 나라여
삼족오 깃발을 흔들고
한라에서 백두까지 온몸으로 살자
백두에서 한라까지 사랑만으로 살자
조용한 아침의 나라
우리는 우렁찬 목소리로
성산의 노래를 부르며 달려가 보자

청마 문학관

− 청마 유치환 시인을 그리며

통영 앞바다,
바다를 초원 삼아 살아가는
푸른 말 한 마리가
푸른 해원을 향해 펄럭이는 깃발을 꽂았어라
주는 것이 받는 것보다 행복하나니
오롯한 그 말씀 바다 위에다
햇살로 써 놓고 웃으신다
청마 문학관에서
살아 백 년 죽어서 천 년이련가
당신은 바위처럼 단단하게 아직도 살아 계셔
통영 앞바다 바라보시다
읊조리신 그리움도
손수건처럼 펼쳐 놓으시고
사랑을 퍼 주시고 앉아 계셨어라
먼 나라를 다녀도
소리 없는 아우성만큼 처절한 울림
이곳 아니면 어디서 들으랴
손잡고 나오는 정겨움이
나비처럼 내려앉아 눈을 감는다
세상사 힘들면 달려와

천릿길도 가깝다는 통영에 앉아 보려무나
다시 일어나 갈기 휘날리며
저 바다도 건너갈 듯
잃어버린 생기를 곧게 세워주는
깃발이 되어 줄 테니
너른 품으로 노래하며 돌아오거라
무언을 툭 던져주는 곳
청마 문학관

*청마 유치환 시인의 '행복'과 '깃발'의 시구를 차용함

묵상

코로나로 힘든 날
깊은 터널 같은 어둠에 갇혀 삽니다
터널 끝 희미한 빛
강물처럼 한없이 흘러가는데
거꾸로 매달려 사는 슬픔
다 곁에 살아
눅눅한 삶은 어둡기만 합니다

끝나겠지요
살아온 길을 돌아보면
개울가 미나리 파릇하여 송사리가 놀고
동요의 손뼉에 오디가 익어
삶이 온전하던 날
그날처럼 순결한 마음이 된다면
향기로운 꽃밭 사이로 길이 보이겠지요

생각의 갈피 넘기다가
햇살이 좋은 곳에서
슬픈 시간을 말리고 싶습니다
심은 대로 뿌린 대로 거둔다는데

함부로 살아온 죄인가
터널 같은 코로나
앙상한 겨울처럼 삶이 아픕니다

개미의 행렬

시간이 툭 떨어진다
늦가을 햇살이 발등에 툭 하고
파문 짓는 고요가 아프다
개미의 행렬 속으로
우리의 삶도 줄지어 기어간다
날마다 눈 뜨고 살다가
방점으로 찍혀 있는 그 자리
아무도 모르지만
아무도 모르겠지만
당신에게 가야 할 길이라는 걸
나뭇잎 하나둘 떨어지듯이
빈손으로 와 빈손으로 가야 하리라
그래도 늦가을 햇살이 있어서
더 눈부신 가을이다
살아가는 날에 바라보는 하늘
허공을 가르는 새들
다 당신이 덧칠한 그림 같아라
느티나무 앙상한 가지 사이로 봅니다
기다림까지
당신의 그리움까지

무너지는 시간을 밟고
개미처럼 짐 끌며 기도로 가리라

못으로

못으로 오십을 꽝꽝 박았는대
허리 아래에 핀 봄
파랗게 돋아 노동의 땀을 닦아주는구나
삶, 흔들리는 중심에다
못 하나씩
오방(五方)에다 박으니
생은 각목처럼 단단하다
노동의 하루 대못처럼 박고 나니
바람만 잠자고 가는 얇은 지갑 속에
식구들의 저녁이 펄떡거린다
분필로 한평생
불어난 게으름은 퍼렇게 녹이 나서
나를 삭게 만들고
삭아서 부러질 듯한 슬픔도
이제 못으로 단단하게 박아주니
다시 솟구치는 힘줄
못질로 살 것 같은 오십이다

플라타너스

창밖 플라타너스
봄부터 함께 걸어온 풍경이다

맨몸으로 칼바람 맞아도
까치집을 품고 한겨울을 건너와
새들을 푸르게 키웠어라

가난으로 살다가
너의 풍경을 배경 삼아
티베트 경음악으로 살아낸 하루

무욕의 삶이라
이 가을 앞에서 옷깃 여며
시간의 경전을 읽어보고 있어라

플라타너스 너는
함께 건너가는 사랑이구나

길 잃은 양이 되어

코로나가 휩쓴 거리
사람은 마른 나뭇잎처럼 굴러간다
길은 바스락바스락 소리가 날 듯하다
소리 없이 총알처럼 날아오는 너는
선악(善惡)도 없다
빈부(貧富)도 없다고
마구 총질하는 황야의 무법자
지하철에는 앉은 나뭇잎 같은 사람들
입막음으로 묵언수행하다가
계단을 딛고 올라와
단풍 몇 잎처럼 내려앉은 가을에 앉아
너무 달리며 살아왔는가
되묻는 듯이 가만히 바라보는 하늘
황야의 무법자가 쏜 총질에
가랑잎처럼 하염없이 떠났다는 소식들
핸드폰을 열고 읽는다
활자에 적힌 익명의 죽음들
어제는 살고 오늘은 떠나가는 나뭇잎들
신음이 박힌 소식들이 아프다
코로나에 우리는

길 잃은 양처럼 길 잃어
돌아갈 곳 아득하다
남은 날 아득하고 멀기만 한데
바라보는 풍경이 아름다워라
손 씻고 마음도 닦고 살아가야지
다짐으로 일어서서 걸어가는 길 아득하여도
지금은 살아서 시간을 만진다
말랑말랑한 행복이구나

칼갈이 노인

솥뚜껑 삼겹살집 앞
숫돌로 칼 가는 노인이 있다
나는 나를 세워놓고 가만히 봅니다
매미가 한창인데
노인의 이마에 흐르는
구릿빛 땀방울이 숫돌에 떨어지고
노인의 손끝에서 시퍼렇게
칼날이 일어난다
슬며시 언제부터 이 일을 하셨나요
물끄러미 고개 드시고
…한평생,
짧은 말 속에 외길이 외로워라
다시, 또, 갈고 갈아
손끝으로 칼날을 쓱 문지른다
나는 나에게
절절한 시 한 편 써야지
물어보는 소리가
무딘 아픔을 벼리고 있어라

채송화

삽질하는 하루
흙더미에 깔린 채송화
저 꽃이 아프다
지금은 뿌리 뽑힌 채 버려진 목숨이다
젖은 흙가슴 다 열어
뿌리 뻗어 더 살아야 하는데
삽 위에 너를 담아
옮긴다, 여린 씨 여물라고
마음 하나 움직여
너와 함께 가는 저 언덕
채송화도 나도
수북한 흙에 뿌리내리고 싶다
목마른 목숨 달래며
삽질이 닿지 않는
저 언덕에서 살고 싶어라

크림빵

점 하나 찍어놓은 듯
점심의 크림빵
노동의 땀내 닦으며 앉아
우두커니 바라보는 오월의 그늘
진초록 숲에 앉아
여유로 집어 먹는 빵 한 조각
되새김질하는 소처럼
씹고 또 씹으니 단내 나는 점심이다
산그늘 짙어라
자작나무가 손을 흔들며
부채 바람을 보낸다
곁에 묵묵한 바위가 좋다
오월을 팔베개하고 바라보는 하늘
나뭇잎 사이로 내려와
삽질의 하루가 얼마나 좋으냐
조금 더 앉았다 가면
하루를 걸어갈 수 있다고
마음은 부싯돌처럼 튕겨 오른다
기계음의 시동이 들리는 한낮
점 하나 찍어놓은 듯

점심의 크림빵
단내나는 힘으로 돌아간다

제4부

봄날의 밥상

봄을 싱그럽게 만드는 김선우 시인의 아욱국 한 사발 들이 키니 어느새 고향 텃밭에서 날고 있는 나비가 되었습니다 오대산 냉잇국 한 그릇에 코가 벌름벌름하고 향기가 두레 소반 위로 퍼져갈 때 밭갈이 누렁소가 되새김질로 하루를 씹는 소리가 들려옵니다 턱 괴고 물끄러미 바라보던 저녁이 식구들의 밥상에 웃음소리처럼 내려앉았습니다 그 오래된 그리움은 녹슬지 않고 찾아와 세월에 굽은 등 토닥여줍니다 시집을 덮고 달래와 냉이가 가득한 밥상이 그리워 전화를 드립니다 긴 수화음 따라 들려오는 아버지의 목소리 개나리꽃처럼 터지는 날입니다 엄마는? 엄마는 앵두빛 목소리로 둘째냐 그 목소리를 들을 수 있는 이 짧은 봄날이 아욱국 같습니다

영광서점

동묘에 있는 헌책방 영광서점
후덕한 사장은 고독하게 쌓인 책을 지킨다
책 속에 한 사람의 인생이 박혀 있고
이제는 사랑을 잃어버리고
나뒹구는 나뭇잎처럼 쓸쓸하게 꼽혀
기다림에 지친 한 많은 여인
오래된 시간에 갇혀 쿨럭거리고 있어라
높은 책장에서 난장을 보는 칸트나
낮은 자리에 켜켜이 슬픔을 쌓아 올린 니체나
다 물설고 낯선 땅에서 서러워 보인다
영광서점에서 영광이 있으라
산울림처럼 들려오는 산상수훈도 쓸쓸하여라
가을에 젖은 먼지를 털며
오래된 기다림을 안고 가려는지
손끝으로, 굽힌 허리로, 쪼그렸다가 까치발로
책방에 고요를 밀어내며 간택을 기다리는
늙은 여인 하나를 골라
연인을 품듯이 품고 나가는 눈 밝은 사람아
다소곳이 따라가는 영광의 책이여
나도 가슴에 그 떨림을 품고

감았다 뜬 슬픈 두 눈망울 바라보면서
햇살 가득한 청계를 넘는다

투병시

그녀가 시집을 보내왔다
요양원 햇살 아래서 만난 생강나무꽃처럼
노랗게 핀 아픔을 적어서 보내왔다

삶의 끝자락에서 만난 풍경들이
살가워 눈물로 쓴 시
시편마다 남은 날의 기도가 절절하여라

기도 속에 박힌 말
다 살아서 행복하라, 절벽에 서면
돌아갈 수 없는 날들이 눈부신 날이라고

한여름 등나무 아래서
그녀의 시집을 넘기다 또 덮고
새들이 날아오르는 푸른 하늘을 바라봅니다

남은 날까지
시를 쓰겠다는 시인에게
질경이 한 묶음 보내고 싶습니다

들꽃

들꽃이 되었으면 좋겠다
낮은 곳에서
더 낮게 흐르는 바람에도
아주 작은 몸짓으로
스스로 행복하다 웃는 들꽃이 되어
별이 전하는 소리를 뿌리 깊게 박아놓고
새가 전하는 노래를 잎새 위에 올려놓고
그리움도 외로움도
다 삭아 내린 기다림으로 살아
살포시 걸어오는 사람
두 무릎 굽혀 낮은 자세로
어머 예쁘네
그 청아한 소리 가슴에 품고 살아가는
나는 참으로 행복한 꽃
들꽃이라 불리는 나의 이름이여

만종

싱그러운 땅 위에 살아도
산다는 일 아침저녁으로 다르리라
허리도 펴지 못한 채
너른 들 끝없는 노동의 하루
일하다 쉴 수 있겠는가
저 아득한 곳까지 순한 기도로 가야 할 뿐
한낮 믿음으로 땀으로 심은 곡식들
이제는 그 시간이 익어
밭고랑 위에 쌓인 땀방울
이제 노동은 허리를 곧추세우고
괭이에 손을 얹어놓고 종소리 들으면서
사람은 저마다 기도를 올린다

충만한 땅을 사랑해서
행복하다고

덕혜옹주

사무치게 그리운 나라
목 놓아 울어도
쇠창살 같은 나라에 갇혀
돌아갈 길 아득타
아, 무너진 왕조의 황녀여
대마도에서 대한해협으로 달려가는 꿈
오동잎처럼 떨어지고
거닐던 그 뜰에서 흘린 눈물
기다림의 시간이 다 녹슬고 나서
주름으로 돌아온 덕혜옹주
봉황도 날아간 낙선재
돌에 박힌 당신의 한숨을 만납니다
사무침이 못처럼 박힌 나라
대한의 땅으로
돌아가고파 잠들지 못하고
얼마나 울었는가를

서시(序詩)를 읽다

겨울이 다 녹고
제비가 날아온 이 땅 위에서
우리 아이들이 당신의 서시를 노래합니다
한 아이가 서시처럼
별을 노래하는 마음으로 살겠다고
죽어가는 모든 것을
사랑하며 살겠다는 목소리는
당신의 무덤가에 풀이 무성하게 자라듯이
깊은 우물처럼 푸릅니다
또 한 아이가
주어진 길을 걸어가야겠다고
노트에 다짐처럼 꾹꾹 눌러씁니다
풀 위로 날아다니는 봄처럼
푸른 웃음이 날개를 펴고 있습니다
또 한 아이가
오늘 밤에도 별이 바람에 스치운다고
암송의 마침표
여운 뒤 침묵 속에서
별똥별을 생각하고 있습니다
나도 아이들의 서시를 들으면서

부끄러움 없이 살고파
별을 노래한 당신을 한없이 생각합니다

*연당(제비집)에서 봄날 윤동주의 서시를 암송하는 아이들의 단상, 윤동주
 의 서시를 차용함

시가연에서

닻을 내리려고 봄을 밟고 왔습니다
인사동 불빛만 보고
삶의 파도를 헤집고 왔습니다

시가연에 정박한 깃발들
사람들은 저마다
안도의 숨으로 닻을 내리고
한 달의 안식을 먹으려고 합니다

살다가 좌표를 잃어버리면
인사동 등대지기
구순에도 먼 바다 바라보시며
길 잃을까 조바심으로
등댓불 더 환하게 밝히시는 사랑
이생진 시인을 만납니다

나도 정박한 배가 되어
사랑에 기대어 바다를 바라보며
봄에서 가을로 흘러가도
녹슬지 않는 마음에 닻줄을 내리고

어기여차 뱃노래

한 자락에 살 것만 같습니다

*시가연: 인사동에 있는 주점이며 문화공간

낮잠

낮잠을 자다 꿈을 꾼다
어제는 동굴 속에서 헤매다가
새가 되어 날개를 편다

꿈길인가, 낮잠을 터니
열린 창으로 새소리가 들어온다
오랫동안 저 새가 뒤척이는 나를 흔들었겠지

손으로 꼭 껴안은 시집
한 그릇의 밥
정희성 시인의 '그리운 나라'가 놓여 있다

"주여 용서하소서
…천지를 헤매다 가겠나이다."
가만히 눈감고 읊조려 봅니다

늙은 소

소가 밭고랑에서 늦봄 씹으며
운명의 굴레를 쓰고
아득한 비탈밭 끝까지 하루를 끌고 갔어라
나비가 날아도 무심한 기억처럼
사람들 꽃놀이 떠나도
업인 양 고단한 인내로 살고 있어라
죄 많아 돌부리에 걸려
한 발 더 내딛지 못하는 속울음 달래며
온 힘으로 돌부리를 뽑았어라
등짐에 얹은 생의 무게처럼
묵묵히 지고 가는 저 늙은 소가
되새김질로 씹는 저녁으로 고단을 풀고 있다
소가 바라보는 세상처럼
나도 묵묵히 업을 다 씻고 가리라
한없이 긴 슬픔의 쟁기를 끌고 가리라
한 마리 순한 소가 되어
이승에서 저 끝까지

자화상

−빈센트 반 고흐

고갱이 떠나가고
까마귀 울음이 빈들을 가른다

절망은 떨고
뒷모습 아득하기만 한데
빈방에 앉아 가위질마다 뚝뚝 떨어지는 슬픔
핏방울처럼 붉기만 하여라

그대는 떠나가고
내내 잠자던 붓을 깨워 아픔을 꽉 쥐고서
슬픔으로 동여맨 얼굴에
붓칠하며 울었어라

산다는 일
헤어짐인 것을
삼나무도 그려 놓고
별이 빛나는 밤에 홀로 깨어

나 그대 사랑했음에
독주를 마시며

그대가 앉았던 의자를 그리지만
만져지는 온기는 차가워라

오랫동안 들려오지 않는 그대 목소리
내 기다림을 잘라냈어라

어떤 날

얼마나 시가 절절한지
눈 감아 울 때
살 속 파고들며 너는 다가온다
써야지 그래 써야지
너는,
내 마음의 뜰에 피어
향기로 퍼져가는 매화 한 송이
눈 뜨고 쓴다
물처럼 흘러온 통증아

엉경퀴

묵은 뽕나무 아래서
자줏빛 옷고름 입에 문 소녀야
잡을라치면 매몰찬 손길로
홍하던 샐쭉한 그리움아
먹빛으로 중얼거려도 뚜렷한 그 자리
살아온 세월에도
가슴에 시린 눈물로 남아
늦가을 언덕에서
바라보는 목마른 첫사랑
엉엉 울게 하는 꽃
가시내야

두물머리

달려온 그리움을 만나
이제 한몸이 되어
신혼이 되어
세미원 연꽃이 핀 방에서
하룻밤 천년의 기다림 다 녹이고
이제 다시는 헤어지지 말자
두 손 맞잡고
둘이 하나인 듯
가슴 비비며 얼싸안고
꽃물처럼 출렁거리는 두물머리여
안개가 그린 수채화 같은 날
늘어진 수양버들나무도
축복의 손을 흔드는 강이여
두 그리움이 만나
이제 다시는 헤어지지 말자
약속하듯 강가에서
애틋한 사랑을 가만히 잡아본다

오금역

푹한 날씨다
아침에 들고 온 시집을 읽으며
긴 철로를 바라보며
오랫동안 키운 그리움의 가시로
내 가슴을 찌른다
가슴앓이 내 사랑아
내 가슴에 박힌 음각된 아픔인가
그대여
푹한 날인데도
가슴을 저리게 하나
얼마쯤 더 가면 그리움을 만날까
(나 대화가 필요해)
대화행 열차에 몸을 싣는다
한 줌 툭툭 털어서 먹는 외로움
꼭꼭 씹으며 간다

고희연(古稀宴)에서

불두화 피는 날
잔주름의 세월 펴실 때
오롯한 삶의 열매 앞에서 절합니다
고된 삶 다 내려놓으시고
한세월 잘 살았노라
그런 말씀을 꽃밭에 뿌리는 당신에게
절하다 듣습니다
생을 온몸으로 살아오신 날
높고 낮음도 없이 당신은
위대한 푸른 별에서
해가 뜨고 해가 지는 일처럼
묵묵히 물처럼 흘러 도달한 행복입니다
당신은 더 오랫동안 사셔
살아온 길이 더 빛나기를 빌며
푸른 별에서 기쁨을 수놓고
그 기원을 술잔에 담아 올립니다
남은 날까지
더 깊은 사랑으로
살고 살아가야 한다는 것을
환한 미소로 말하고 있는 것을

가만히 듣습니다
오늘은 다 놓아도 좋을 그런 날입니다

발치

어금니가 끝자락에 터 잡아
오랫동안 맛을 씹어 나를 키웠구나
사랑을 만지듯이 너를 더 만져
윤나게 아껴야 했거늘
너의 용서는 수십 년 켜켜이 쌓여 있거늘
썩어가는 슬픔으로 몇 밤이나 뒤척였을까나
못다 한 사랑 먼발치에 있는데
이 가을 나뭇잎 떨어지듯
너를 발치하여 멀리 보내는 날
더 아끼고 사랑하지 못한 미안함이
핏물처럼 떨어지누나
이별의 슬픔으로 남아 있는 이들
혀끝으로 매만지는 빈자리
무심한 게으름을 깨물고
남은 날까지 어금니가 나를 키웠듯이
다짐의 치약을 짜
너의 이웃을 사랑하리라

아름다운 강산

하늘에 구름은 흐르고
바람은 느티나무 사이로 불어와
오늘을 살라 하네

머잖아 올 봄은
땅속에서 들썩이고 있는데
코로나로 사람들은 거리두기하며 산다

힘에 겨운 날은
더 만개한 봄으로 가라는
꽃샘의 시샘이겠지

버드나무 싹눈 자라듯이
조금만 더 기다리면 가버릴 꽃샘처럼
견딘 이에게 고개 숙일 코로나

FM 106.1에서 흘러나오는
'아름다운 강산'으로
꽃길로 가는 내일을 생각한다

제5부

신라의 미소
−경주 얼굴무늬 수막새

웃는 얼굴로 살라고
나쁜 기운들
다 물러갈 거라는 수막새여

신라의 미소 앞에 서서
웃음을 꾹꾹 눌러 빚었던 신라를
옷깃 여미며
문 열고 들어와 만납니다

몇 번이나 바라보다가
수막새가 전하는 말을 듣습니다
하늘을 우러러보며
울어도 웃으면서 살아내라고

찰진 말씀
가슴에 꾹꾹 눌러 담으니
천년 지나도 울컥한 사랑입니다

길상사

맑고 향기롭게
법정 스님의 연꽃을 생각합니다
당신께서 내 고향 오대산 병내리에서
오두막 비움의 삶
맑은 물 한 바가지 퍼 드시고
달처럼 사셨지요
당신의 입적을 전하는 날
"애야 아홉 시 뉴스에 나오는 저 스님
유명한 분이시냐?"
"네, 우리나라 큰스님 법정 스님인데요."
"아, 늘 장터에서 만나면
반갑게 인사하며 햇곡식 사신 후
터벅터벅 걸어가시는 뒷모습
아직도 눈에 선한데
늘 말없이 빙그레 웃으셨는데
그분의 책 있으면 보내다오."
엄마와 대화도 나누시고 가셨다는
법정 스님의 무소유
우체국 소화물로 보내드렸지요
집에서 장터에서 몇 번이나 읽으시며

마음에 와닿는 구절
아직도 읊조려 본다는 어머니께
살가운 전화를 드렸지요
늦가을 단풍이 고운 날
엄마, 길상사에서
맑고 향기롭게 사시다 떠나신
법정 스님의 영정을 바라보았다고

적멸보궁

시월에 가리라 적멸보궁으로
오대산 붉은 단풍
너울너울 춤추는 그곳으로
가다가 만나는 전나무 숲
찬 바위에 서리처럼 시린 날에 걸터앉아
눈 감아 들리는 물소리 찾아
시월이 오면 찾아가리라
적멸의 그윽한 눈매가 기다리며
고요가 비로봉 아래에 앉아
말없이 오는 이 바라보는 그곳으로
산정의 까마귀 울음처럼
도토리가 툭 떨어지는 적멸을 찾아
시월이 오면 가리라
놓아서 얻을 수 있는 삶
숨이 찬 세월
하나둘 내려놓으라고
손짓하는 시월은 오고 있어라
강물이 흘러가듯이
삶도 그렇게 흘러가는 것을
무겁다 걸머진 아픔을 내려놓기 위해

붉은 시월이 오면
오대산으로 가야 하리라

심우장

나라 잃은 설움
되새김질로 그 아픔도 씹으며
피 묻은 태극기로 안았을 만해(卍海)여
이 푸른 강산
흘러가는 한강을 보면서
반만년의 역사를 찢어놓은 왜적에게
어찌 무릎을 꿇고
조석으로 적을 바라보랴
북향으로 문을 내시고
채근담을 베개 삼아 누웠을 위대함이여
땅은 빼앗겨도 빼앗길 수 없는 혼
기름 삼아 횃불로 켜시고
장좌불와(長坐不臥)라
눈부신 아침이 온다
믿음을 향나무 뿌리에 심어놓고
언제나 향나무처럼 사시다가
새날이 온다는 약속만 남겨놓으시고
떠나가신 그리운 이여
댓돌에 서서
합장하는 두 손으로
당신을 가만히 우러러봅니다

반가사유상

밥 한 그릇 먹고
점심을 구하지 않는 날
단풍 그늘에 앉아서 바라본다
하늘에 박힌 새들
바람 따라 날아가고 있음을
한 세상 밥 한 그릇에
살다 죽어간다 해도
가끔 생각에 잠긴 그늘을 덮고
눈 감고 드는 세상
고요하다
적적한 눈물이다
며칠 동안 묵언으로 살다가
길 위에 박힌 돌처럼
단단한 뉘우침으로 어제를 닦는다

수종사

수종사 뜰에 서면
봄산 그리메 두물머리에 젖고
풍경에 걸린 구름
찻잔을 앞에 두고 본다
속기를 버려라
독경은 바람 따라 퍼져간다
사는 일 다 여여하다
운길산 절 한 채

밤길
−각현 거사에게

어둠이 산을 덮어도
산은 곧은 나무를 품고 사나니
다시 해가 뜨고
새가 날아올라 아침입니다
꽃도 새도 품어
스스로 청산이 된 이여
홀로 앉아
부르는 독경
복사꽃처럼 피어납니다
세상은 그냥 둥둥 떠 흐르는 먼지 같아라
아랫마을에서 살다가
바라보는 산은 우뚝 솟고
흘러가는 구름
가만히 바라보는 이 있나니
곧고 푸르고
푸르고 넓은 삶의 그늘이여
홀로 살아가도
눈부신 사람이 늘 곁에 있어서
손 모으며 살아갑니다

해우소

생의 번뇌
툭,
홀가분한 하루여

봄나물
향기롭듯이

밑을 닦다가
나에게
향 나는 하루였느냐고

방하착

다 내려놓고
막노동에서 만난 사람들
살아온 어제를 지우고 손 내민다
사연은 어둠에 묻고
우리는 고요하다
묵묵한 한 마리의 소가 되어
빛이 들어오지 않아
더 어두운 저녁
순댓국집에서 휘저어 마신다
둥둥 떠 있는 슬픔을
오늘도 감사히 말아 먹는다

개심사

삶이 무겁다
어깨가 무너지는 날
이른 아침 직행버스에 올라야 한다
단 하루를 놓아
봄을 어깨에 얹어놓고
개심사에 앉아 보라
왕벚꽃 입에 문 새들이 와
떠나면 언짢아
맑은 법문을 쏟아내고 있어라
휘어진 나무 기둥
다듬지 않아
더 가슴을 울렁이게 하는 종루
범종이 울릴 때까지
산만 바라보아도 마데카솔 바른 듯
마음은 저절로 환해집니다
절마당 돌아가다
가지런히 놓인 고무신 바라보다
산다는 일 여여하다
말 없는 발소리
몸에 각인처럼 박히는 산사

한없이 앉았다가
고요가 종소리에 흔들리면
천천히 떠난 곳으로 돌아가도 좋으리라
놓아서 더 가벼운 어깨
토닥여 주는 절
몇 잎의 왕벚꽃 가슴에 꼭 품고
살아갈 힘으로 돌아갑니다

유리 가가린

오늘은 4월 12일.
유리 가가린이 1961년 우주에서
고작 108분 동안
지구를 처음 바라본 날
삶도 죽음도 다 한자리에 모여
둥둥 떠가는 푸른 별 하나
미움도 사랑도
다 품고 살아내는 별
"지구에 아름다운 푸른색 섬광이 비친다"
당신의 외침이여
전하는 말 속에 답이 있어라
미얀마 군부의 꿈이
어린아이 50명의 목숨을 앗아가고
피지 못한 꽃들이
꽃잎처럼 나부껴 짓밟히는 날
둥둥 떠가는 이 별에서
사랑의 깃발 펄럭이며 살아갈 수 없는가
평온의 아침 새소리로
나이아가라 폭포의 장엄함으로
우리는 이 별을 눈물로 사랑할 수 없는가

가까이는 우리나라,
철조망에 가로막혔어도
진달래꽃 봄 따라 북으로 올라가고
하늘 높이 나는 새들
백두산 천지연에 얼굴 비추고 있건만
이 별에서 마음 하나
옷 벗듯이 홀러덩 벗어 천지연에 담가
씻고 씻어 봄빛에 말려놓고
막걸리 한 잔에 지화자 좋구나
어깨동무로 강강수월래는 할 수 없는가
오늘은 4월 12일.
유리 가가린이 보았다는 푸른 별에서
총칼은 땅속에 묻어두고
저 희망의 연둣빛으로 물든 물푸레나무처럼
하늘을 사랑하면 살아가면 안 되는가
마치 108분이 백팔번뇌 같은데
이제 우리는 이 푸른 별에서
삶도 죽음도
다 껴안고 살아가야지
탐진치도 다 벗어놓고 살다 가야지

만다라

린포체께서 먼 이역에 오셨지요
수유리 허름한 곳이라도
부처가 머물지 아니한 곳 없느니라
그렇게 찾아온 누옥에서
오래된 침묵을 전하고 가셨지요
엎드린 슬픔의 등에다
살아갈 힘으로 살아가노라면
먼 바다도 닿을 수 있다고
그때 받은 만다라
방문에 걸려 여닫을 때마다
티벳의 물소리가 들려오는 듯합니다
엎드린 슬픔에게
살아가다 눈물이 폭포처럼
쏟아지고 쏟아지는 날
꼭 먹으라고
비밀의 봉투를 주셨는데
만다라를 바라보며 말하렵니다
힘껏 노 저으며 산다고

*티베트 린포체: 전생활불(轉生活佛), 약칭으로 활불(活佛)이라 한다. 이
는 티베트불교에서 독특한 교리적 존재인 라마의 전생(轉生)을 이르는
말이다.

찬방에 앉아

찬방에 앉았는데
허기진 겨울은 더디 흐르고
고양이의 울음이 벽을 긁고 있는 저녁
굶어서 더 맑은 정신이여

눈이 내리는데
보라무 몇 조각 꼭꼭 씹으며
고요를 바라보는 외로움아

어제를 돌돌 말아 장롱에 넣어두고
늦은 밤 홀로 일어나
뽕잎차도 한 잔 마시고 눕는다

긴긴 겨울에 앉아
금강경 사구게를 다시 읽는다
여몽환포영
여로역여전이로다

*여몽환포영(如夢幻泡影) 여로역여전(如露亦如電): 생은 모두 꿈이며 환(幻)이며 물거품이요 그림자와 같고, 이슬과 같고 번개와도 같으니라. 『금강경』에서 차용

망우리

망우리는 강 건너 있고
오래된 그리움 찾아
눈보라 치는 날
소주 두 병 들고 갔어라
한 병은 박인환 시인 앞에서
붓고 마시고 또 붓고
옥죄는 아픔에도
굽히지 않고 살아내신 무덤
나룻배와 행인을 읊조리며
피안으로 노 저으시다가
등만 보여주시는 한용운 시인 앞에서
붓고 또 마시고
두 분은 삶의 길이 달랐어도
맑은 시심으로
눈빛으로
권커니 잣거니
호탕한 정 나누지 않으리오
한강은 흘러가도
그리운 사람 그리워라
다 꿈을 들고

살아낸 시인이시여
단풍 든 날 다시 찾아가리라

석류

돌아온다 그 말씀을 붉도록 익혔나니
얼마나 더 기다려 당신 입술 닿으리오
내 가슴
툭 터진 아픔
이제는 핏물이오

뚝뚝 떨어질 듯 그리움은 대롱대롱
내 마음속 울음을 그대는 아시나요
이 가을
사립문 열듯
살포시 문 여소서

사랑한다 그 말씀 속살에 새겨 새겨
이제는 힘 다해 내 가슴 열어서
그대가
오시는 길목마다
환한 등불 내건다오

화두

화두 하나
이 뭐꼬를 붙잡고
살다가
끝에 가서
가부좌로 앉아
사람으로 살았노라
한 호흡이
고마워라 고마워라
달 아래
흘러가는 강물
오래된 발
씻어내리라

동백

울컥,
너의 붉음이
핏방울처럼 떨어져 눕는다

삶은 그렇게
서러운 노을이 아니겠느냐

동백꽃 하나
바람 따라 뒤척이다가
답하며 속삭이더라

사막을 건너도
생은 다 눈부신 울음이라고

인터뷰

삶의 풍경 혹은 사유(思惟)의 풍경

▷ 근황은?

이순(耳順)의 나이가 되니, 경청하는 귀가 되었는지 자주 귀를 만지며 살고 있습니다. 서른다섯 해나 입시학원에서 외길을 걸으며 살아오다 보니, 어느새 친구들이 은퇴한다는 소식을 자주 듣는 편입니다. 다행히도 자유롭게 살아와서인지 아직도 현직에서 일하고 있습니다. 음악과 미술을 전공하려는 입시생과 씨름하면서요. 그래도 이제는 전처럼 빡빡한 일상이 아니어서 감사한 마음입니다. 또 재학생 아이들과 매주 독서와 토론, 또 시를 암송하면서 느끼는 즐거움, 현대 사회에서 크게 일어나는 사건이나, 다가오는 미래는 어떻게 변할까? 이런 이야기를 하면서 지내고 있습니다. 코로나로 인해 사람들과 거리가 멀어진 지금에는 신동아 아파트 느티나무 그늘에 앉아 계절의 흐름을 바라보며 멀리 있는 그리움을 생각하며 살고 있습니다.

▷ 직접 낭독하고 싶은 시 1편? 그와 관련된 에피소드?

등단한 지 10년에 처음으로 펴낸 시집 『별을 안은 사랑』은 아직도 건재하신 부모님을 위한 시집인지라 부모님과 관련된 시가 눈에 들어오는데요. 이번 시집은 첫사랑이었던 아내를 위한 시편들이 많아서인지, 그 중에 「아버지와 딸」이 유독 눈길이 가요. 연애할 때도 아무런 말씀 없이 우리의 사랑을 지켜봐 주셨는데 이제 연로한 나이가 되어서인지 말씀 하나하나가 다 애틋하게만 느껴져요. 특히 '예서'에서 보내온 편집본을 다시 읽으면서 욕심이 과하다면 과할까요? 이 시도 저 시도 다 암송하고 싶은데. 굳이 한 편의 시를 고르시라고 하니, 음. 「아버지와 딸」로 할게요.

▷시집 나오면 어떻게 하는가 가령 출판기념 같은 거?

코로나로 시집 출판기념회는 생략해야 될 것 같아요. 그래도 시우들과 함께 만나면 맛난 막걸리나 맥주를 마시며 시를 이야기하는 것으로 대체할까 해요.

▷ 이번 시집 출간에 대한 소회는?

먼저 늘 시를 쓰면서 마음의 기둥이셨던 강세환 시인님께서 "시집 한 권 분량 되면 연락해라."는 전화를 하셨고 그러던 어느 날 갑자기 집으로 배달된 택배처럼 그렇게 시집을 출간하자는 소식에 많이 망설였다. 하지만 그래도 용기를 북돋아 준 강세환 시인님께 고마운 인사를 전하고 싶습니다. 이번 시집은 사랑하는 아내가 많이 응원해 줘서 마음은 조금 더 뿌

듯합니다.

▷ 어떤 문학회에서 활동하는가?

주로 〈한국문인협회 강동지부〉, 〈평창문인협회〉, 〈시가 흐르는 서울〉 등에서 문학활동을 하고 있습니다. 비대면 시대라 전보다 문학활동은 많이 위축된 상황입니다. 이러한 상황은 저보고 더 많이 시를 생각하고, 시를 쓰라는 것 같아서 앞으로 더 많이 활동할 날을 기다리며 저를 담금질하는 시간이라 생각하며 느티나무 그늘에 앉아 은둔하고 있네요.

▷ 최근 만났던 문단 동료 혹은 인간적으로 친한 친구는?

문단 동료라기보다는 문단의 스승이라 할까요? 지금은 자주 만나 뵙지 못하지만, 매월 마지막 주 금요일 오후에 인사동에 있는 '시가연'에서 이생진 시인님을 뵙곤 했습니다. 구순을 넘어 백 세에 가까우신 연세이시지만, 늘 선생님의 근황을 카톡을 통해 만나고 있습니다. 또 건강을 위해 만보 걷기, 걸으시며 쓰신 시를 접할 때마다, 무기교의 기교가 무엇인지, 시가 주는 힘이 무엇인지. 세상을 바라보는 아름다운 관점이 무엇인지 등 이런 것을 만날 수 있어서 이생진 시인과의 인연을 말하고 싶어지네요.

▷ 자신의 시의 독자는 누구인가?

고단한 삶에 지치고 힘들어하시는 분께서 제 시집으로 '위로를 받을 수 있는 시 한 편이 있었어.'라고 말씀하실 그런 분을 상상하여 시를 쓰고 있습니다. 물론 제 첫 작품의 독자는 아내이거나 딸입니다. 딸은 좋아, 하지만 아내는 많이 읽고 평하는 편이기도 해요.

▷시를 쓰는 시간, 계절, 장소, 필기구 등을 소개할 수 있는지?

정해져 있지는 않아요. 보통 시를 쓰는 시간은 이동하는 전철, 느티나무 아래에 있는 돌의자, 계절은 아마도 봄과 가을이 오면 뇌가 반란을 일으키는 경우가 많아요. 겨울에는 돌의자에 앉아 명상하기에는 조금 춥거든요. 또 학원 창문 밖을 내다보면 늘 보이는 빨간 우체통, 사람을 생각하게 해요. 필기도구는 주로 노트북이거나 핸드폰인 경우가 많아요. 마지막으로 시를 복사하여 벽에 붙여놓고 오가면서 낭송해요. 그리고 생각이 나면 또 고치고 그렇게 시를 쓰고 있네요.

▷시인을 비유한다면?

낭만 가객이라고나 할까요? 고전 시가를 날마다 접해서인지 시는 인생의 압축을 절절하게 노래하는 사람이라고 생각해요. 사설시조처럼 풍자와 해학, 때로는 삶과 죽음을 만지면서 날마다 시퍼런 칼을 만들기 위해 고뇌하는 대장장이가 아닐까요?

▷시 이외 관심 분야?

노랫말을 쓰고 있습니다. 삶이 힘들어 지칠 때 노래는 잘 부르지 못하는지라 동료들이 부르는 노래를 듣다가 자막에 뜨는 가사를 보게 되는데, 흘러간 옛 노래 가사는 한 편의 시와 같아요. 저도 인생 애환을 노랫말로 쓰면 어떨까? 때마침 작곡하는 친구를 만나 벌써 다섯 곡이나 완성했네요. 물론 가수를 만나지 못해 핸드폰에 저장된 리듬과 가사로 흥얼거리며 살아가고 있는 노래라 생각하시면 됩니다. 가끔 한국저작권협회에서 표절되지 않은 가사임을 인증한 증서를 바라보며 나르시시즘에 빠지곤 해요. 멋진 가수가 있으면 소개해 줘요.

▷ 이번 시집의 창작적 동력은 무엇인가? 불교적 사유(思惟)도 눈에 많이 띄는데?

제 고향 평창군 진부면 오대산 월정사. 부도 거리, 전나무 숲길, 상원사, 사자암, 부모님께서 다니시는 동대 관음암, 꼭 가서 한 달만 살고 싶은 서대 '영감사' 등이 곁에 있어서 자연스럽게 불교 세계를 접하게 되었지요. 또 대불련에서 큰 가르침을 지금도 주고 있는 각현 전홍걸 선배와의 인연, 꿈을 통해 만나 지금 두 아이의 아내도 '관음사' 지하 법당에서 만났지요. 그때는 연꽃을 만드는 모습이었거든요. 지금도 아내가 사경(寫經) 하는 모습을 보면서, 늘 불교는 나를 돌아보게 하는 계기가 되고 있어요. 그렇게 느낀 일들을 쓰다 보니 불교와 관련된 시가 많아요. 수천 년 동안 내려오는 불교의 심오한 세계는 인간이란 무엇인가? 어떻게 살아야 하는가? 저에게 근본적 질문을 많이 던진다고 생각해요.

▷왜 시를 쓰는가?

시를 쓰는 일은 나를 걸어가게 하는 힘이라 생각해요. 힘들어도 시를 완성하기 위해 집중하다 보면 제 곁에 다가온 슬픔이 떠나가는 것 같아서 더 시를 읽거나 쓰게 되는 것은 아닌지 모르겠어요.

▷시를 쓸 때 고민하는 일은 무엇인가?

시는 우리말의 묘미를 통해 아름다운 건축물을 짓는 일 같다고 생각해요. 그래서 시를 쓸 때는 가급적 우리말로 표현하려고 애를 써요. 윤동주 시인께서 '또 다른 고향'을 창작하실 때 고민하셨다는 시어 '풍화작용'이란 말. 물론 이에 대응하는 시어를 찾지 못해 끝까지 안타까워했다는 일처럼 어쩔 수 없는 경우를 빼고요. 또 황진이의 시조처럼 '서리서리, 구비구비' 이런 말이 우리 입에 착 달라붙으니 살갑지 않나요? 또 시적 표현에서 비교적 같은 시어를 반복하지 않으려고 해요. 끝으로 시를 쓴 후 벽에 붙여놓고 오가면서 낭독하고 또 낭독하면서 운율이 살아 있어야 한다는 생각을 많이 하고 있습니다. 시는 노래요, 운치요, 또 완결된 하나의 우주가 아닐까 생각해요? (두서가 좀 없었네요)

▷이번 시집 출간 이후 하고 싶은 일?

근 10년 넘게 쓰고 있는 '반가사유상'을 한 권의 시집으로 묶기 위해 뚜벅뚜벅 걸어가야겠어요. 쉽게 써지지 않지만 '은근과 끈기'로 쓰다 보면 마침표를 찍을 날이 오지 않을까 그렇게 생각해요? 밤낮 일하다가 대낮에 빈둥거리는 나를 살리기 위해 건설현장에서 노동한 경험으로 쓴 시도 다듬고, 아 참, 올해는 시간을 만들어 화엄사에서 사찰 해설사로 근무하는 정섭이도 만나고 싶네요. (올봄 보내준 화엄매가 곱더군요)

▷ 한국문학 특히 시에 대한 전망과 절망은 무엇인가?

가끔 해독하기 어려운 난해한 시를 만날 때 난감해 하는 편입니다. 평생 수험생을 지도하는 삶을 살아왔고, 교과서에 실려 있는 시들은 비교적 우리의 정서를 풍부하게 하는 서정성, 현실 참여성, 인간 실존에 대한 고민 등이 많습니다. 그래서인지 우리의 삶을 따뜻하게 해 주는 시가 많았으면 하는 마음입니다. 다만 시의 전망과 절망에 대한 고민은 많이 하지 않은 편이라 대답이 조금 옹색해졌네요.

▷ 시를 누가 읽어야 한다고 생각하는가?

나라를 이끌어가는 지도자들이 시를 읽었으면 해요. 언어를 순화하고, 정제된 말이 주는 힘을 알았으면 하는 마음이네요. 시 속에는 인간의 문제, 삶의 애환이 다 녹아 있잖아요. 학생들이 시를 마음에 한 서너 편 암송하고 살았으면 해요. 가령, 윤동주의 '서시'의 첫 구절처럼 "죽는 날까지 하늘을 우러러 / 한 점 부끄럼 없기를" 어때요? 이 한 구절로 우리가 살아갈 삶의 길을 압축해서 보여주지 않나요?

▷〈죽도횟집〉에 관한 기억은?

1981년도 죽도횟집. 바닷소리만 들려오는 해망산 절벽 아래 있는 횟집이죠. 그때 만난 인연 중에서 〈문예중앙〉으로 등단한 박세현 시인, 〈창작과비평〉으로 등단한 강세환 시인, 〈문학정신〉을 통해 등단한 염산국 시인, 〈한국일보〉 신춘문예를 통해 등단한 박수찬 시인, 〈심상〉을 통해 등단한 박용재 시인, 박명희 시인, 이인화 동기, KBS에서 근무하다 은퇴한 김석건 친구, 그리고 생활전선에서 몸으로 시를 쓰며 사시는 홍극표 선배, 홍성례 선배 등이 모인 죽도횟집의 밤을 쓰러진 소주가 지켜봤지요. 박인환의 「목마와 숙녀」의 구절처럼 "목마는 주인을 버리고 거저 방울소리만 울리며／가을 속으로 떠났다 술병에서 별이 떨어진다" 어제 일 같은데 벌써 대과거 '았었'이 되었네요. 그날 모 선배시인의 '취중시론'(남들은 어떻게 생각할지 몰라도)이 야인시대 시론은 아닌 것 같네요. 시는 '감자떡 빚듯이' 써야 한다는 그 말. 오랫동안 품고 산 그 시론을 졸시 「내가 만든 감자떡」으로 발표했네요. 하찮고 보잘것없는 썩은 감자. 그런 감자를 강원도 골짜기에 쌓인 함박눈 속에 파묻어 놓았다가 봄날 맑은 물로 '솔라닌 독소'를 우려내고 또 우려내어 그렇게 우려낸 감자를 멍석에 깔아 놓으면 햇빛이 다 말려주고, 그것을 디딜방아에 찧어 고운체로 걸러 만든 강원도 '감자떡' 같은 시를 써야 한다는 열변이 지금도 쟁쟁하네요. 그날 밤 그 '감자떡 시론'으로 제가 지금까지 시를 쓸 수 있는 힘을 얻고 있는지 모르겠네요. □